Jorge Luis

Borges

La moneda de hierro

铁币

［阿根廷］豪尔赫·路易斯·博尔赫斯 著

林之木 译

上海译文出版社

题注：本诗集略去已收入《老虎的金黄》的《仇人轶事》一篇。

目 录

序　言

一位作家，在活了整整七十年之后，即使再笨，也已经明白了某些事情。首先是自己的局限。他比较有把握地知道什么事情可为和——无疑更为重要——什么事情不可为。这一事实，也许令人扫兴，既适用于一代人，也适用于一个人。我认为我们这个时代产生不出来品达体颂歌、广引博征的历史小说或者诗体辩护词；我认为，也许近于天真，我们还没有完全开发变幻万千的十四行体和赫赫有名的惠特曼自由体诗的无限表现力。我还认为，抽象美学是一种虚幻的梦想、漫长的晚间聚会的愉快话题或者激励和困扰的源泉。如果抽象美学是单一的，艺术也就是单一的了。事实并非如此，所以我们才可以同时欣赏雨果和维吉尔、罗伯特·勃朗宁和斯温伯恩[1]、斯堪的纳维亚和波斯的作家及诗人。撒克逊人的粗犷音乐和象征主义的缠绵曲调同样让我们心荡神怡。每一件事物，不管是多么短暂和轻微，都会给我们一种特别的美感。每一个词汇，尽管已经存在了多少个世纪，却仍然能够开始一个新的篇章和对未来产生影响。

至于我本人……我知道，这个于整个一九七六年的过程中在东兰辛的荒凉校园里和回到祖国之后偶然命笔杂凑起来的集子，就其价值而言，和以前出过的相比，不会有大的突破也不会更为逊色。这一大家都能接受的保守估计使我有了一种无需承担责任的轻松感。我有时候写得很随意，因为人们对我的看法不取决于我的诗文而是取决于对我所有的各种各样但却相当准确的印象。我会记下梦中听到的模糊话语并取名为《一个梦》[2]。我会将一首关于斯宾诺莎的诗重写并且很可能改得很糟。最后，我会沉醉于先辈的信念和那另一个为自己的晚景增彩的发现：英格兰和冰岛的日耳曼渊源。

我没有枉生于一八九九年。我的习惯可以追溯到那个世

1 Algernon Charles Swinburne（1837—1909），英国诗人、评论家。

2 原文为德文。

纪乃至以前，而且我还力图不要忘记自己那遥远和已经变得模糊了的祖先。在序言里是可以讲真话的。我一向怯于讲话，但却喜欢倾听别人的言谈。我忘不了父亲、马塞多尼奥·费尔南德斯、阿方索·雷耶斯和拉斐尔·坎西诺斯–阿森斯的真知灼见。我知道自己在政治方面根本没有发言权，不过，也许人们能够原谅我说一句：我不相信民主，那是一种对统计学的亵渎。

豪·路·博尔赫斯

一九七六年七月二十七日，布宜诺斯艾利斯

不能再现的往事的哀歌

我多么怀念
那一条两侧竖立着矮墙的土路
和在旷野中的一个平常的日子、
一个没有日期的日子里
遮蔽了初显的晨曦的
那位魁伟的骑士
(身披长大而破旧的斗篷)。
我多么怀念
并不知道自己将以博尔赫斯为姓氏的母亲
在圣伊雷内庄园
瞩望旭日升起时的情景。

我多么怀念
曾经参加塞佩塔的战斗[1]
和看到埃斯塔尼斯劳·德尔坎伯
迎着第一颗子弹走去时的
那种豪壮的从容。
我多么怀念
父亲每天夜里
在临睡之前
而最后一次
是在一九三八年二月十四日
推开的秘密别墅的那扇大门。
我多么怀念
亨吉斯特率领的舰队
从丹麦的一处海滨起锚
前去征服
当时还没有称作英格兰的岛屿的壮观场面。

1 指阿根廷独立后，联邦派和集权派于1820年发生在塞佩塔地区的战争。

我多么怀念
（我曾经拥有、后来又丢失了的）
透纳那片如同乐曲一般
宏大的金瓦。
我多么怀念
作为陪审官
面对那位在喝下毒药之后的那天下午
当蓝色的死神
正缘着已经冰冷了的双脚爬升的时候
还在镇定自若地
援引神话与推理
探讨不朽问题的苏格拉底[1]。
我多么怀念
你说你爱我、
我欣喜和幸福得
直到天明都未能成眠的日子。

---

1 苏格拉底于公元前399年被法庭以“不敬神”的罪名判处死刑，遂服毒。

苏亚雷斯[*]上校

那刚毅而忧郁的面庞
在晨曦中显得镇定而昂扬。
一只狗从人行道上一闪而过。
黑夜已经过去，天还没有大亮。
苏亚雷斯望着村落及其周围田野、
一处处庄园、一片片牧场、
牲口贩子们踩出的小道、
恒久的大地的宁静风光。
我从幻觉中看到了你啊，
年轻的军人，你就是曾经主宰
那场发生在胡宁、改变了

人们的命运的战役的英雄。

那微带哀伤的高大身影

仍然伫立在辽阔南国的某处旷野之中。

---

* 指博尔赫斯的曾外祖父伊西多罗·苏亚雷斯。

梦魇

我梦见了一位古代的君王。

他头戴铁盔、目中无光。

这种形象如今已经无处可觅。

威武的佩剑永伴身边，像忠实的狗一样。

我不知道是诺森布里亚还是挪威，

只知道他的国土在北疆。

浓密的红髯直抵胸口。

那天神的眼睛未曾对我瞩望。

这个灰色的威严人物

让我感受到了他的经历与忧伤，

他出自哪一面已经模糊了的镜子、

哪一艘曾经转战四海的军舰之上？
我知道他伫立在那里梦见了我并把我审视。
日光驱散了黑夜。他却没有退避躲藏。

前　　夕

不可计数的沙粒，
奔腾不息的江川，
比影子还轻盈的飞雪，
一片树叶的微阴，
静谧的海岸，转瞬消泯的泡沫，
野牛及无回的箭矢的故道，
一处又一处天地，
稻田和薄雾，
山岭，沉寂的矿藏，
奥里诺科河[1]，土、水、风、火
汇成的错综游戏，

温顺禽兽出没的广阔地域，

这一切将会从我的手中将你的手抽走，

不过，此外还有黑夜、黎明、白昼……

1 南美洲主要河流之一，主要流域在委内瑞拉境内。

东兰辛的一把钥匙

致胡蒂丝·马查多

我是一个打磨得光洁的钢件。
参差的边缘并非随意铺展。
我被串在钥匙环上
躲在柜斗里闷头酣眠。
有一把锁头在把我等待，
只有一把。铁皮和玻璃制成的门板。
就在那坚实门扉的另外一侧，
隐藏着实实在在的家室空间。
昏暗中，高大而空荡的镜子

守护着日夜的交替循环、
先辈留下的遗像
以及照片上依稀可寻的昨天。
我总有机会推开那牢固的大门，
让那锁头不再成为阻拦。

祖国的哀歌

黎明呈现出一片铁灰而并非金灿。
那黎明属于一个港口和一片沙原、
为数有限的显赫家族与权贵、
跨越昔日与今天的基本开阔空间。
随后就是同哥特佬们的战争。
到处都是英勇拼杀和胜利呼唤。
巴西[1]和暴君[2]。一部兵荒马乱的历史。
无所不为而又无所不用的极端手段。
周年纪念的红色日期，
大理石的富丽，耸立的高碑，
空泛的议论，长篇的演讲，

百年和百五十年的庆祝会，
这一切不过是一团旧焰留下的
些许微不足道的余火轻灰。

1 巴西于 1822 年脱离葡萄牙，佩德罗一世建立了巴西帝国，实行独裁统治并在 1825 年发动了对阿根廷的战争。

2 指罗萨斯，他从 1829 年任布宜诺斯艾利斯省长起开始独裁统治直至 1852 年被推翻。

伊拉里奥·阿斯卡苏比
（1807—1875）

曾经有过那么一个幸福的时代。
人们以同样的欢愉激情
面对爱情的到来和沙场的召唤。
亵渎情感的恶魔还没有将人民的名义盗用。
那如今已被摧残了的黎明年月，
正是阿斯卡苏比生活和战斗的时期，
他为高乔人唱出了一首首颂歌，
称赞他们只需一声号令就肯为国捐躯。
他代表了大众。既是领唱也是合声，
他是时光长河里的普洛透斯：

在蔚蓝的蒙得维的亚，他是士兵；

在加利福尼亚，他曾经将黄金寻觅。

他是宝剑在清晨的欢快闪烁。

如今，我们只是茫茫黑夜而已。

一九七五年

墨　西　哥

竟会有那么多事情完全一样！骑士与平川、
尚武的传统、白银与桃花心木家具、
用以为卧室增加温馨的安息香
以及由拉丁语衍生而成的西班牙语。
竟会有那么多事情截然不同！死去了的凶神
编织起来的充满着血腥的神话、
使荒漠变得恐怖阴森的仙人掌
以及对黎明前的黑暗的衷情。
又有那么多事情万古不变！没人理会的
轻柔月光洒满地面的庭院、
纳赫拉[1]诗里被人遗忘了的零落紫罗兰、

回涌到沙滩上的波涛的冲击连绵。

人在临终之时袒卧在床上

静候着死神的莅临。他要的是真正的死亡。

---

1 Manuel Gutiérrez Nájera（1859—1895），墨西哥诗人。

秘　　鲁

无边的世界蕴涵着种种事物，
我们只能模糊地了解其中的极少数。
忘却和机遇使我们无缘尽知。
我小时候知道的秘鲁只是普雷斯科特[1]的著述。
当然，还有悬吊在马鞍架上的
那锃光雪亮的银盘、
雕有蜿蜒蛇纹的银质茶具、
血腥战斗中的长矛挥闪。
后来就是晚霞笼罩的海滨、
庭院、栅栏和喷泉的幽秘、
埃古伦[2]笔下的轻柔诗句、

山顶上的庞然古代石城遗迹[3]。

我活着，只是一个在黑暗胁迫下的影子；

我将死去，但却不可能尽览无尽的家事。

---

1 William Hickling Prescott（1796—1859），美国历史学家，主要研究西班牙历史，在拉丁美洲历史方面著有《墨西哥史》和《秘鲁征服史》等。

2 José María Eguren（1874—1942），秘鲁后现代派诗人。

3 指秘鲁中部安第斯山中的古代印加人的要塞城市马丘比丘的遗址。

致曼努埃尔·穆希卡·莱内斯*

伊萨克·卢里亚[1]公然宣告：永恒的《圣经》
有多少个读者就会有多少种解释。
每一种解释都自然成理无可挑剔，
取决于读者情况、版本和阅读时机。
你对祖国的诠释恢弘而光艳，
犹如白昼的光焰照亮我混沌的迷茫，
那称赞将《颂歌》嘲弄。（我对祖国的概念
不过是对愚蛮的刀剑和昔日的勇敢的向往。）
忽而是《赞歌》发出的豪迈震荡，
忽而又是那几乎冲决诗歌框架束缚的
属于你的未来新王国的民众

及其奔腾流泄的欢乐与忧伤。

曼努埃尔·穆希卡·莱内斯啊，你和我

曾经拥有过一个祖国（记得吗？），却又将它沦丧。

一九七四年

---

* Manuel Mujica Láinez（1910—1984），阿根廷作家。

1 Issac Luria（1534—1572），犹太教喀巴拉派思想家，曾提出新的创世说。

宗教裁判所的法官

我本该是殉教者，却成了刽子手。
我用火陶冶了人们的心灵。
为了能让自己的灵魂得救，
我祷告、自赎、哭泣和苦行。
在熊熊的烈焰中，我们看到了
出自我嘴里的判决命令：
净化的火堆和痛苦扭曲的身躯，
恶臭、嚎叫和垂死的拼争。
如今我死了，忘记了呻吟的人们，
但是，我知道，这见不得人的内疚
是旧罪之外重又犯下的新罪，

岁月的长风强似愆尤与悔恨，
旧我和新罪都将被席卷而去。
我终于涤清了心头的污秽。

征 服 者

我的名字是卡夫雷拉和卡尔瓦哈尔[1]。
我历尽了沧桑，尝遍了酸辛。
多少次我死了以后又得以复生。
我是楷模。而他们，不过是凡人。

我是十字架和西班牙的游击战士。
在那块异教大陆人迹未至的地方，
我频频地点起了战争的火焰。
是我最先涉足于巴西的蛮荒。

我的剽悍让蛮族闻风丧胆，

然而，我不是为基督、不是为国王、
也不是为耀眼的黄金拼死征战。

美丽的宝剑和狂暴的搏杀
才是我建功立业的力量源泉。
别的无关紧要。我曾经活得勇敢。

---

1 Jerónimo Luis Cabrera（1528—1574），Francisco de Carvajal（1464—1548），均为西班牙在美洲的远征军的军人。

赫尔曼·梅尔维尔

他一直处在先辈的大海的包围之中，
正是那些撒克逊人给那大海取下了
“鲸鱼之路”的名字，将鲸鱼及其
漫游的大海这两个庞然大物
紧紧地联系在了一起。
那大海永远都属于他。
早在他的眼睛看到远海的惊涛之前，
他就透过《圣经》那另一片大海
或者各种画面
将那大海渴望和拥有。
成年后，他投身于地球的

所有洋面海域和没完没了的航行，

看到了利维坦[1]

染红的鱼叉和缤纷的海滩，

熟悉了夜晚与黎明的气味，

习惯了潜伏着危难的天际，

感受了成为勇敢者的幸福

和最后见到伊萨卡的欣喜。

作为大海的征服者，他也曾

在作为山峦根基的大地上落脚，

在那里，一个不受时光的影响

而沉睡的罗盘标出了一条朦胧的轨迹。

在果园的浓荫庇护下，

梅尔维尔在新英格兰度过黄昏，

但大海却是他的归宿。

深不可测的大海以及风暴

和对白色的厌恶

1 Leviathan，犹太教神话中的怪兽，或为鲸，或为鳄，或为蛇。

成为受了伤的“皮阔德号”[1]船长的耻辱。

那是一本大书。那是蓝色的普洛透斯。

---

1 《白鲸》中捕鲸船的名字。

天　真

每一个黎明都会营造出
足以改变最为冥顽的命运的奇迹。
人类的脚掌已经在月球上留下了印痕，
执著的追求消除了岁月与里程的距离。
蓝天上明显地潜伏着蔽日的梦魇。
地球上所有的每一件东西
都同时是自己、是反衬或者竟属虚幻。
我只对平凡的事物感到惊异。
我奇怪一把钥匙居然能够打开一扇门，
我奇怪自己的手居然确实无疑，
我奇怪希腊人的伊利亚疾矢

居然没能射中不可企及的目的。

我奇怪锋利的宝剑居然会美、

奇怪玫瑰居然会有玫瑰的香气。

月　　亮

致玛丽亚·儿玉

那金灿的地方实在凄凉。
高悬夜空的月亮
并不是当初亚当见到过的情形。
人们无数世纪的凝注使它积满了泪水。
看吧。它就是你的明镜。

约翰内斯·勃拉姆斯

我只是一个不速之客，贸然闯入了
你慷慨留给后世的百花园，
却曾不自量力地妄想
把你的提琴送向蓝天的乐音歌赞。
如今我已打消了这一念头。
人们通常吹嘘的艺术猥琐不堪，
怎能将你的威名提及。
称颂你的人必须清白而又勇敢。
我是怯懦之辈，注定没有作为。
讴歌你那慈爱的心中
如火似水般至纯至真的欢情

实属不能原宥的大胆冒犯。

我只能调动那污秽的词语

表述无谓的声响和空泛的概念；

你是那奔流不息的长河大川，

无欲无求，无悔无怨。

终　结

年迈的儿子，没有来历的人，
本该已经死去了的孤儿，
徒然地将那空荡的房屋占据。
(那房屋曾为两人共有而如今成了陈迹。
现在又变作两人的相聚之地。) 命运艰辛，
那悲伤的老人在茫然地
把曾经属于自己的声音寻觅。
奇迹也许不会比死亡更为令人惊异。
我们命中经历过的种种事情
不同凡响却又平淡无奇，
那像大地一般无边无际的揪心记忆

将会无休止地萦绕在他的心里。
上帝或者机缘或者空蒙啊，求求你
还给我那不灭的形象而不是忘记。

致 父 亲

你希望能够死得彻彻底底，

包括伟大的心灵和肉体。

你希望走进另一片黑暗的时候，

不会发出怯懦和痛楚的哀泣。

我们看到你平静地离去，

就像当年你的父亲面对着弹雨。

血腥的战神未曾借给你翅膀，

死神却在渐渐地剪断生命的丝缕。

我们看到你面带微笑漠然与世长辞，

并不指望在另一个世界里有所发现，

不过，说不定你的影子早已经

看到了希腊的柏拉图梦想过的、

你曾经不厌其烦地反复对我讲过的典范。

没人会知道石碑预示着的是什么样的明天。

剑的命运

那另外一位博尔赫斯的宝剑
已经不再记得自己的战绩：
奥里维[1]对蓝色的蒙得维的亚的长期围困，
浩荡的大军，卡塞罗斯战役[2]
那渴望已久却又轻易取得的胜利，
错综复杂的巴拉圭，时光，
射中他的躯体的两颗子弹，
被鲜血染红了的河水，
恩特雷里奥斯的流寇，
三边地区的最高长官，
荒漠里的战马与长枪，

圣卡洛斯和胡宁，最后的冲击……
上帝让它大放异彩，而它却麻木不仁。
上帝让它有过可歌可泣的经历。它却毫无生气。
它像草木一般无声无息，
根本就不再记得那强悍的手臂和战斗、
不记得那精心雕琢过的把柄、
不记得那为了祖国而崩损了的锋刃。
它只不过是博物馆的橱窗
遗忘了的展品中的一件、
只不过是一个象征、一种过去了的辉煌、
一件弯形利器，已经没人再去注意。
也许我的无知与别人无异。

---

1 Manuel Ceferino Oribe（1792—1857），乌拉圭民族主义战士，第二任总统（1835—1838），后移居阿根廷，得到罗萨斯的器重。1842 年率领阿根廷军队重返乌拉圭，围困蒙得维的亚达数年之久。

2 指 1852 年阿根廷独裁者罗萨斯的军队在卡塞罗斯被乌尔基萨打败，罗萨斯随即逃亡并客死英国。

愧　疚

我犯了一个人所能犯的最大过错。
我未曾能够得到幸福。
但愿那无情的忘却冰川
将我裹挟而去、让我踪影全无。
我的父母将我孕育，指望着
我能有一个壮烈而美好的人生，
历经土、水、风、火的洗礼。
我辜负了他们的苦心，
他们的殷切希望没能实现。
我的心思全部用于了艺术，
编造着毫无意义的作品。

他们给了我胆识。我却没有成为勇敢的人。

生而不幸的阴影不肯弃我而消散，

一直在我的身边与我相伴。

公元九九一年*

几乎所有的人都以为是急剧变化的战局将他们逼进了松林。他们一共是十个或十二个人，时值黄昏。这些原本种地打鱼、吃尽人间辛苦和早就疲惫不堪了的人们如今成了战士。他们对别人的和自身的痛楚都已经麻木。伍尔弗雷德肩上中了一镖，在离松林几步远的地方一命呜呼了。没人为朋友的不幸动情，谁都没有回头去看上一眼。直到躲进浓密的树阴下之后，大家才颓然倒下，不过并没有放下手中的盾牌和弓弩。艾丹坐在地上打破了沉默。他讲得慢条斯理，就像是自言自语。

“比尔特诺斯，咱们的老爷，已经不在了。现在，我年纪最大，很可能也是体力最强的人。我不知道还能活多久，不过，我看那时间不会长过从早晨到现在。钟声把我吵醒的时候，沃费思还在睡着。我岁数大了，觉轻。我从门口看到了水寇（就是那些海盗）的条帆，他们已经抛锚靠岸了。我们备好了庄园里的马匹，跟着比尔特诺斯走了出来。我们当着敌人的面分发了武器，很多人的手头一次学会持盾握剑。海盗的来使从河对岸提出要我们给他们一批金镯子，咱们老爷回答说，他只有古传的宝剑。两军之间横着一条涨了潮的河。对交战，我们是又怕又想，因为是在所难免啦。沃费思待在我的右边，差点儿让挪威人的箭给射中。”

沃费思心有余悸地打断他：

“爸，是你用盾挡掉了。”

---

* 这是马尔登战役的日子。在英格兰，这次战役之所以出名是得益于那首记述了其过程的叙事歌谣。埃塞克斯的民兵被奥拉夫·特吕格瓦松的北欧海盗所打败。他们在毫无希望的情况下先后战死，因为他们的指挥官已经阵亡，为了荣誉，他们不能偷生。在那首篇幅很短的史诗里面，与当时风行的讽喻风气截然不同，有许多极具特色的描述，这些描述为后来的冰岛“萨迦”的技巧开了先河。我把诗人想象成为撒克逊人的头领的儿子，正是这位头领命令自己的儿子不能死，从而救了他一命并使那次战役的情况得以流传了下来。——原注
马尔登战役见于一首描写东撒克逊人与北欧海盗的一场冲突的古英语英雄诗篇。作品的首尾已佚，只残存 325 行。埃塞克斯是英格兰东部的一个郡。奥拉夫·特吕格瓦松（约 964—约 1000），即挪威国王奥拉夫一世。

艾丹接着说道：

“我们这边有三个人守着桥。水寇们提出让我们允许他们涉水过河。比尔特诺斯答应了。他之所以这么做，我觉得，是因为他很想较量一下，并且也想用我们心中的信念去震慑那帮异教徒。敌人高举着盾牌过了河集结在岸边的草地上。接着双方就交起手来。”

人们认真地听着。他们回味着艾丹提到的每一件事情，仿佛只是到了这会儿，当有人用嘴讲出来了之后，才恍然大悟。他们从一大早起就在为英格兰、为他们未来的辽阔帝国而战斗了，但是自己却还不知道。沃费思很了解自己的父亲，他怀疑那不紧不慢的演说有别的用意。

他接着说道：

“有几个人当了逃兵，他们将遭到人民的唾骂。咱们这些还活着的人中，没人没有杀过挪威佬。比尔特诺斯死的时候没有祈求上帝饶恕自己的罪孽，他知道人人都没有过错。他感谢上帝让他在人间度过了幸福的岁月，特别是能有这最后的一天、能够战死沙场。我们有幸亲眼看到了他倒下以及其他许多人死在了这场轰轰烈烈的战斗之中和他们的非凡表现。

我知道怎么死才最值得。咱们抄近道，赶在海盗们的前面抢占村庄。然后，埋伏在道路的两侧，用箭射他们。经过长时间的拼杀，大家都已经筋疲力尽了。我把你们带到这儿来，就是为了喘口气。”

这时候，他已经站了起来。他像所有的撒克逊人一样，坚定而高大。

“然后怎么办，艾丹？”他们当中最年轻的一个问道。

“然后，他们会杀了我们。老爷死了，咱们没有理由再活下去。今天早晨是他领着咱们战斗，现在由我来指挥。我可不容许出现胆小鬼。这就是我要说的。”

人们全都站了起来。有人忍不住发出了“哎哟、哎哟”的叫声。

“咱们一共是十个人，艾丹。”那个年轻人说道。

“是九个。沃费思，儿子，我现在在跟你讲话。我要你做的事情并不简单。你必须独自离开我们。你要退出战斗，要让人们永远记住今天这个日子。只有你能够做到这一点。你是歌手、是诗人。”

沃费思跪到了地上。这是他父亲头一次提到他的诗歌。

他气急败坏地说道：

“爸，难道你想让人们像对待那些可耻逃兵一样骂自己的儿子是胆小鬼吗？”

艾丹反驳道：

“你已经证明了自己不是胆小鬼。我们将用生命来报答老爷，你要让他的名字万古流传。”

他转过身去对其他人说道：

“现在咱们就冲出树林。箭用完了以后，咱们就举起盾牌，用剑拼。”

沃费思看着他们消失在了暮色和树影之中，不过，他的嘴里已经涌出了诗句。

埃伊纳尔·坦巴尔斯克尔维尔

《挪威王列传》第一章第一百一十七行

奥丁也好、红髯托尔也好、白皮肤的基督也好……
名字及其代表的神祇并没有多大的重要；
做人的唯一要领就是要坚强勇敢，
人中豪杰埃伊纳尔就掌握了这一诀窍。
他是挪威首屈一指的弓箭手，
同时又偏爱上好的宝剑、
精于对战舰的督导。
他在世的时候，为我们留下了一句名言，
所有的文选无不援引称道。

那是一次杀声震天的海战。

败局已定，难再扭转，

只待撞船沉入大海，

最后一箭折断了他的弓弦。

国王问他是什么在背后发出断裂的响声，

埃伊纳尔·坦巴尔斯克尔维尔答道：

是挪威，陛下，断送在了你的手中。

几个世纪之后，有人发掘出了

发生在冰岛的这个故事。我如今再次复述，

却远离着那片海域、那种情愫。

冰 岛 黎 明

这就是冰岛的黎明。
这黎明始于那里的神话及白皮肤的基督出现之前。
这黎明将孕育出豺狼
和那成为了大海的毒蛇。
岁月与这黎明无关。
这黎明已经孕育过豺狼
和那成为了大海的毒蛇。
这黎明已经看到了
人们用死人指甲堆造起的战舰起航。
这黎明是黑暗的结晶，
能够照出没有颜面的上帝的形容。

这黎明比大海还要沉重、

比九天还要高耸。

这黎明是一道悬浮的大墙。

这就是冰岛的黎明。

奥拉乌斯·马格努斯*
（1490—1558）

这是没有背叛罗马的神学家
奥拉乌斯·马格努斯的著作，
他的时代的北方已经改信了
约翰·威克里夫[1]、胡斯[2]和路德[3]的学说。
在自己的故土没有了立身之地，
他就到意大利的晚霞中去寻求解脱，
在此期间他写下了自己民族的历史，
将确曾发生过的事件与神话糅合。
有一次，只有一次，我将那本书拿在了手里。
岁月的流逝丝毫没有磨蚀

那古籍的羊皮封面、
那用斜体排印的文字、
那钢版制作的精美插图、
他渊博的学识。只有时光的印迹。
没人读过、没人留意的史籍啊，
一天夜里，你以永恒之物的完美状态
汇入了赫拉克利特的长流水中，
那水还在继续将我裹挟卷带。

---

* Olaus Magnus（1490—1557），瑞典天主教大主教、历史学家，著有《北方民族史》。原标题中生卒年月有误。

1 John Wycliffe（约 1330—1384），英国神学家、哲学家，宗教改革先驱。

2 Jan Hus（约 1372—1415），捷克宗教改革家，用捷克文翻译了《圣经》。

3 Martin Luther（1483—1546），德国宗教改革家，基督教新教创始人。

回　声

被哈姆雷特的剑刺伤，
一位丹麦的国王
死在了自己的石筑宫殿里面，
那宫殿对着他的海盗出没的汪洋。
记忆和忘却编织出了
另一位死去了的国君及其鬼魂的传奇。
语言大师萨克索[1]将那故事
收录进了自己的《丹麦人的业绩》。
几个世纪之后，国王又在丹麦死了一次，
与此同时，受到神奇力量的驱使，
他死在了伦敦城郊的一个戏台上。

威廉·莎士比亚梦见了他的生与死。
就像是机体的生机，
就像是曙光的晶莹，
就像是月相的盈亏圆缺，
国王的死无止无休。再现于莎士比亚的梦中。
人们还将继续梦见那死亡，
那死亡是时光的一个程序，
是某些永恒的形和物
在预定的时刻履行的仪式。

---

1 Saxo Grammaticus（约12世纪中期至13世纪初），丹麦历史学家，所著《丹麦人的业绩》为丹麦第一部重要史籍。

几 首 小 诗

《创世记》第九章第十三节[1]

上帝的彩虹横贯太空
并对我们发出了祝福。
纯净的长虹蕴涵着对未来的祝愿，
我的爱也在那里等待着显露。

《马太福音》第二十七章第九节[2]

那枚钱币落到了我的掌心之中。
尽管很轻，我却没有能够接牢，

让它落到了地上。一切都是白费。
还差二十九枚，有人这样说道。

奥里维的士兵

琴弓在他苍老的手里
横着触到了紧绷着的钢弦。
声音停止了。那人不记得
自己曾经做过同样的事情。

---

1 《圣经·旧约》的这一节是“我把虹放在云彩中，这就可作我与地立约的记号了”。

2 《圣经·新约》的这一节是“这就应了先知耶利米的话，说：‘他们用那三十块钱，就是被估定之人的价钱，是以色列人中所估定的’”。

巴鲁克·斯宾诺莎

晚霞如同金色的薄雾
照亮了窗户。厚厚的手稿
已经在那里堆放有年。
有人在幽暗中把上帝塑造。
人孕育了上帝。那是一个
眼神忧郁、皮肤黝黑的犹太佬；
时光载着他流转
就好像一片树叶在河面上漂摇。
这有何妨。魔法师初衷不改，
用精密的几何原理拼凑出上帝的容貌；
他执著地拔高上帝的形象，

不顾疾病的困扰、饥馑的煎熬。

他向上帝献出了最为慷慨的情与爱，

那情与爱并不指望得到回报。

拟首位君王的说教

未来同样不可改变，
就跟严酷的昨天一样。
时光是一本书，
没有什么事情不是不可解读的
永恒文字的无声篇章。
离家出走的人已经回来。
我们的生活就是待走和走过的征程。
没有什么有去无回。没有什么会将我们抛弃。
你不该泄气认输，奴隶的牢狱一团漆黑，
注定的天数像铁铸的一般牢固，
然而，在你坟墓的某个角落

难免不会有个豁口、有个疏忽，

路途如同离弦之箭一去不返，

不过，上帝总是透过缝隙在关注。

一　个　梦*

三个人全都清楚。
她是卡夫卡的伴侣。
卡夫卡梦中的产物。
三个人全都清楚。
他是卡夫卡的朋友。
卡夫卡梦中的产物。
女人对那朋友说道：
我要你今天夜里爱我。
三个人全都清楚。
那人回答她说：如果那么做，
卡夫卡就会不再梦见咱们。

其中的一个发现了那件事情。

世界上不再有别的生灵。

卡夫卡想道：

现在他们俩走了，只剩下了我一个人。

我将不再梦见我自己。

---

* 标题原文为德文。

胡安·克里索斯托莫·拉菲努尔*

（1797—1824）

洛克[1]的著作，一层层搁板，
阳光洒满棋盘格状平整的庭院，
手在缓缓写下这样的诗句：
素雅的白花香百合向桂枝礼赞。
在那日暮黄昏的时分，
我常常回味起幢幢黑影的蹿动、
看到闪烁的剑光和无情的厮杀，
而同您在一起，拉菲努尔，却截然不同。
我看到您和父亲
长时间地探讨关于哲学的命题、

批驳那种关于死后
还会有长生的歪理。
我躲在那本来就虚幻的镜子背后，
想象着您在为这篇诗稿磨砺。

---

* Juan Crisóstomo Lafinur（1797—1824），阿根廷诗人，曾做过哲学教师。
1 John Locke（1632—1704），英国哲学家。

赫拉克利特

赫拉克利特在以弗所[1]的
黄昏中信步走去。
他于无意中走到了
一条不知所终、不知名字、
静静流淌着的河边。
那里有一尊雅努斯的石像和几株杨树。
他俯身对着流水凝望，
心有所感，想出了一句
人们世世代代都不会忘记的
格言。于是，他高声说道：
谁都不可能两次涉足一条河里的
同一水流之中。他收住了脚步。

以近似于极大恐惧的惊异
发觉自己也是一条河、也是流水。
他想回归到那天的清晨以及
此前的夜晚和黄昏。但却不能。
他重复了一遍那句格言。
他看到这句话清楚地
印在了后世的伯内特[2]的书页上。
赫拉克利特不懂希腊文。
门神雅努斯是拉丁人的神。
赫拉克利特没有过去也没有现在。
他只是一个纯粹的梦中产物，
源自于红柏河边的一个凡夫、
一个为了不去思念布宜诺斯艾利斯、
不去思念至爱亲朋
而刻意拼凑诗句的人。一个落寞的人。

一九七六年，东兰辛

---

1 希腊爱奥尼亚城市，故址在土耳其伊兹密尔省塞尔柱村附近。

2 Gilbert Burnet（1643—1715），英国作家。

漏　壶

漏壶的最后一滴液珠不会是水，
而是蜜。我们将看到
它闪着光亮融进黑暗里，
但却将包容着什么人或什么物
赐给赤身亚当的最佳赠礼：
相互的情爱和你的芬芳，
理解，哪怕是自以为是的
理解宇宙的努力，
维吉尔寻得妙句的那一片刻，
解渴救饥的饮食，
空中飘飞的纤纤雪花，

在搁板的灰尘之中
摸索到要找的书籍，
刀剑在战斗中的欢舞，
大海对英格兰的肆意冲击，
寂静过后听到
向往的乐音的欣喜，
一件美好而又不记得了的往事，倦意，
沉睡让我们忘掉一切的瞬息。

你不是别人

你怯懦地祈助的
别人的著作救不了你；
你不是别人，此刻你正身处
自己的脚步编织起的迷宫的中心之地。
耶稣或者苏格拉底
所经历的磨难救不了你，
就连日暮时分在花园里圆寂的
佛法无边的悉达多也于你无益。
你手写的文字、口出的言辞
都像尘埃一般分文不值。
命运之神没有怜悯之心，

上帝的长夜没有尽期。

你的肉体只是时光、不停流逝的时光。

你不过是每一个孤独的瞬息。

文　　字

致苏莎娜·邦巴尔

一九一五年前后，我在日内瓦的一家博物馆的庭院里看到过一口铸有汉字的大钟。一九七六年，我写了这首诗：

深藏着奥秘，孤独无依，我知道
自己可能是茫茫黑夜中轰鸣的祈祷
或者囊括了整整一生或仅仅一夕的
酸甜苦辣滋味的警句格言
或者你已经熟悉了的庄周之梦

或者一个平庸的日子或一个比喻

或者如今只剩空名的泱泱皇帝

或者整个寰宇或者你那不为人知的名字

或者那个你曾经倾尽全力

日夜探究而终未解破的谜。

我可以是一切。请让我待在黑暗之中。

铁　币

这是一块铁币。我们借用它的
正反两面来找出一个答案，
回答那个没人问过的老问题：
一个男人为什么需要女人的爱？
看吧。那铁币的上面镌刻的是
洪荒承托着的四重青天
以及不停运转着的冷漠星辰。
年轻的父亲亚当和葱郁的乐园。
黄昏与清晨。寄寓于每个生灵的神。
你的影子就潜藏在那座纯净的迷宫。
那铁币也是一面神奇的镜子，

让我们重新再来投掷一遍。

它的背面无人、无物、黑暗、迷茫。那就是你。

铁铸的正面和反面发出同一个回声。

你的双手和舌头是不可靠的见证。

上帝是指环中间那捉摸不到的窟窿。

无喜无怨。另有所司：那就是忘却。

你遭人诟病，为什么得不到器重？

我们应该从别人的缺欠中寻找自己的缺欠。

我们应该从别人的长处中看到自己的长处。

图书在版编目（CIP）数据
铁币 / (阿根廷) 博尔赫斯 (Borges, J. L.) 著；
林之木译. —上海：上海译文出版社，2016.8(2024.6重印)
(博尔赫斯全集)
ISBN 978-7-5327-7306-0

Ⅰ. ①铁…　Ⅱ. ①博…　②林…　Ⅲ. ①诗集－阿根廷－
现代　Ⅳ. ①I783.25

中国版本图书馆CIP数据核字（2016）第148653号

JORGE LUIS BORGES
La moneda de hierro

图字：09-2010-605号

本书由上海市新闻出版专项资金资助出版

铁币	JORGE LUIS BORGES	出版统筹　赵武平
	豪尔赫·路易斯·博尔赫斯　著	责任编辑　缪伶超
La moneda de hierro	林之木　译	装帧设计　陆智昌

上海译文出版社有限公司出版、发行
网址：www.yiwen.com.cn
201101　上海市闵行区号景路159弄B座
上海信老印刷厂印刷

开本 850×1168　1/32　印张 2.75　字数 32,000
2016年8月第1版　2024年6月第5次印刷

ISBN 978-7-5327-7306-0/I·4449
定价：38.00元